Escritos de sobrevivência

# Iranice Carvalho da Silva

## Escritos de sobrevivência

Porto Alegre, 2020

Poche Libretos

## Sumário

**Parte I**
    Desmantelo      6

**Parte II**
    Enchentes      48

**Parte III**
    Sobrevivências      70

Índice de poemas      108

Às minhas Mães

# Parte I

# Desmantelo

Do mar, nada sei.

# I

Escrevo
Por necessidade
Não vivo de escrever
Vivo por escrever
Para que serve escrever?
Para nada, só para não morrer.
Escrevo em conta-gotas
O pensamento vai caindo letra a letra;
Se escorresse como um rio logo
              me curaria de mim.
Mas quem ficaria em mim?
Como me habitaria?

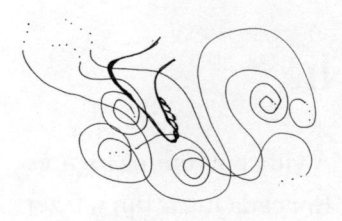

## II

Qualquer pé de vento derruba séculos
                              de certeza
Assim sou eu e minhas verdades.

## III

A vida em muitos lugares
Em cada lugar um q fazer
Em cada lugar um q viver
Em cada lugar um q sonhar
Em cada lugar um quê amar.
Em todos os lugares muitos quês
                      para chorar.

## IV

Coisas que tenho medo:
O cair da tarde
A boca da noite
Cair de sono
Boca-pio
Juízo final sem advogados!!!

**V**

Tempo de dar um tempo
Deixar o tempo passar
E ir passando com o tempo.

## VI

As flores de abril se abriram
Novas esperanças
Novos ares
Novos tempos
E velhos medos.
As flores de maio vieram
Levaram-me de volta a Salva-dor
E velhas e conhecidas dores
        se reapresentaram.

## VII

A vida partida
Um pedaço de tempo
Para uma coisa
Um pedaço de tempo
Para outra
Uma parte maior para isso
Uma parte menor
Para aquilo
Uma parte mínima
Para mim
Uma parte máxima
Para o sonho de uma vida inteira.

## VIII

Querer nada
Só atravessar esse mar e esquecê-lo
Querer nada
Só atravessar essas pedras e esquecê-las
Querer nada
Só atravessar esse rio e esquecê-lo
Querer nada
Só atravessar essas montanhas e esquecê-las
Querer nada
Só atravessar essa dor e não repeti-la
Nunca mais.

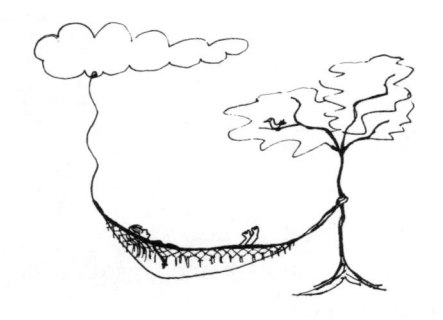

## IX

*La quietud*
Fazer dormir a pressa, a peça, o texto
                               e o teatro
Ouvir os silêncios dos bem-ditos
Ouvir a chuva, o rio, o tempo e o raio
E nada partir.

# X

Declaração de bens:
Meu bem querer – meu amor.
Meu bem receber – família, amigos,
    parentes e aderentes.
Meus bens amados – filhos compartilhados,
    amores do coração.
Meu bem viver – canto do rio,
    cheiro de mato, chuva caindo,
    terra molhada, friozinho pela manhã,
    flores à mesa.
Meu bem companhia – Zahozinho.
Meu bem intransferível – minha Fé.

## XI

Almas penadas
Eram almas cobertas de penas
E por isso mesmo não andavam, voavam
Ninguém as via caminhando
Eram almas-aves
Eram também almas submetidas a penas
Cumpridoras de penas
Por algum pecado imortal
E por isso vagavam pela noite
Assombrando os desavisados
Pedindo ajuda aos corajosos
      que se dispunham a ouvi-las
A serem testemunhas de seus pecados mortais.

Almas depenadas
Ao cumprir sua pena disto ou daquilo,
 nunca se sabia de quê
Tornavam-se então almas de-penadas
Livres podiam tornar-se enfim estrelas
A encantar os olhos de *nosotros* mortais.

## XII

A vida imperiosa:
Tem que ser assim
Tem que ser assado
O certo é isto
O errado é aquilo
O ideal
O imperial
O imperador e a imperatriz
Todos infelizes!

## XIII

Cigarras são insetos
Alguém me informou
Que horror, como a ciência é injusta, pensei
Para mim as cigarras eram mensageiras
                        do Natal
Grandes abelhas de vidro
Agora, de volta ao interior
As escuto de novo
Lembrando-me de meus dias de infância
Quando o calendário era anunciado
                        pela natureza.

## XIV

Des-pe-dir-se
Deixar de pedir
Deixar perder
Deixar se perder
Para se achar em outro lugar-mundo.

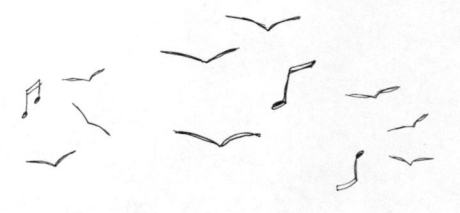

## XV

A banda ensaia
Entusiasmadamente
O bando quer voltar para casa
A banda celebra
O bando quer dormir
A banda insiste
O bando agita-se
Inquieta-se
Grita, grita, grita
A banda cala-se
O bando se recolhe
A lua vai chegando
A noite é só dela
O bando recolhido
Sabe disso.

## XVI

Em cada tempo
Seu desalento
Seu passa-tempo
Passa-gente
Passa-bicho
Passa-boi
Passa-boiada
Passa-raposa e raposada
E tudo passará.

# XVII

As amigas partiram para sempre
Deixaram muita saudade
Muita história
Muitas alegrias vividas
Muitas dores compartilhadas
E um vazio no tempo.

As amigas partiram
Não se sabe para onde
Sabe-se apenas que
Habitarão outro lugar
Noutro tempo
Noutra história
As amigas partiram e se multiplicaram.

## XXVIII

Saudades,
Saudades,
Saudades,
De quem, meu Deus?
De mim.
Onde eu estava?
Fora de mim.

## XIX

Uma filósofa chamada minha mãe dizia:
      você só não acha o que não procura!
Assim oriento minha bússola.

## XX

Horror a conta-gotas:
você vai percebendo, sentindo,
Mas não se escandaliza,
Não se horroriza,
Vai suportando, suportando e,
Se acostumando, se acostuma.

Esperança a conta-gotas:
a cada dia um pouquinho
Você vai ficando feliz.
Um pouquinho feliz aqui,
Outro pouquinho feliz ali,
Mas não se acostuma.
Queria mesmo era a salvação
              em uma única dose!

## XXI

Angústia de abandono:
　　　　circula, circula entre tudo,
Nada escapa.
E não para em ponto algum.

## XXII

Temível trânsito invisível:
De um sonhar a outro
Que ainda não se sonhou
De uma esperança a outra
Que ainda não se formulou
De um amor ao outro
Que ainda não se viveu.

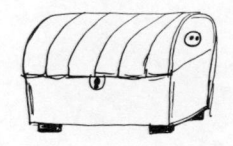

## XXIII

Enfim começo a abandonar
      meu velho baú
        de brinquedos de criança
Desisti de consertá-los e
Deixar tal como eram e pronto!
Deixar virar lembranças
Apenas lembranças
Deixar o passado passar
      para o tempo passado
Deixar as coisas irem embora
Despedir-se
E *fini*.

## XXIV

Despedir-se desse tempo que se foi
Deixar morrer esse tempo
Para ser o que se é

Para ser o que se quer
Deixar encontrar-se
Com o que não se é ainda.

## XXV

Desespero, desespero meu
Há alguém com desespero maior que o meu?
Simmmmmmmm
Responde o espelho!

## XXVI

Prece de Ano-novo
O que quero pedir a Deus?
Coragem para ser só eu mesma
E gostar disso
Sem culpa.

## XXVII

Seja no interior da vida
                ou na vida do interior
Em todo lugar há marcas de dor e horror
Com feridas abertas ou fechadas
A natureza resiste.

## XXVIII

Ventiladores
Ventos inventados
Para fazer ventilar
O ar
A dor
O ardor
O choro preso na garganta vira bolha.

## XXIX

A solidão chega
Arreia as malas
Arma sua tenda
E, sem pressa, se instala
Arruma a cama e dorme sem relógio.

## XXX

Saberei viver
A todo esse desmantelo
*In vivo, in pele*
Suportarei o tempo das águas
Esperarei quanto tempo for preciso
Por terra firme
Por novas asas
Para voar com liberdade
Ter novos olhares sobre as mesmas paisagens

Sobreviverei
E terei a alegria de reconhecer o antigo no novo
Não cederei à desesperança de plantão
                             na minha porta
Lutarei sempre e seguirei a vida com esperança.

## XXXI

Intervalo
Parada entre um vale e outro que nada vale
Nem o tempo gasto dos sapatos apertados
Precisa-se ir caminhando
Com dor ou ser dor.

## XXXII

Não sirvo de modelo a nenhuma economia
Não sei investir em nada
Só em gente.

## XXXIII

Angú$tia
Angu indefinido
Mistura não se sabe de quê
Parentesco familiar e estranho
Tanta agonia, meu Deus
Deve ser a Tia do capitalismo.

## XXXIV

Sou
Vida sem sequência
Em suspense todo o tempo
Pé no chão de areia
Dúvida, incerteza, fraqueza
Angústia, esperança e Fé
Fortaleza em algum momento
Fui certeza e calmaria
Saberei ser feliz
Saber viver
Saber morrer
Viverei para ser testemunha
                de sobrevivência
Do meu próprio caos.

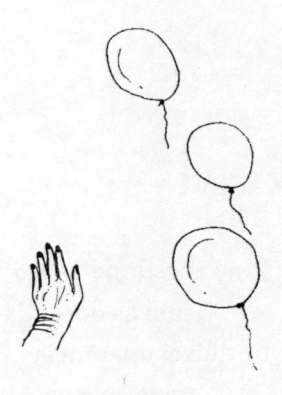

## XXXV

Não cheguem perto,
Não me toquem,
Porque hoje eu posso explodir!

## XXXVI

Eu me acostumei tanto
      com as dores da alma
Que deixei tolerância
      nenhuma para as dores do corpo.
      Qualquer uma é uma imensidão.

## XXXVII

Nas noites frias
Da cidade mais quente do mundo
Escuto tango argentino.
Nas noites frias
        da cidade dos meus sonhos
Bebo vinho tinto.
Nas quentes, *mojito*.

# Parte II

# Enchentes

Tudo pode cair do céu.

# I

Não escrevo por diversão
Escrevo por precisão
Escrevo para escoar pensamentos velhos
Deixar outros novos aparecerem
Escrevo porque a vida para mim com escrita é difícil
E sem ela é pior
Já que não aprendi a nadar
Então cuidei de ter uma boia
A escrita é minha boia salva-vidas
Escrevendo eu não me afundo em mim.

## II

Oh, céus
Oh, chuva
Não chegue agora
Não me molhe
Já tô encharcada de mim
Qualquer gota d'água a mais
               virarei enxurrada
E descerei ladeira abaixo
E me perderei nessas ruas sem fim.

## III

A correnteza desce rio abaixo
Leva tudo que é dela e de nós
Convicta e sem olhar para trás
Ela sabe que outras águas virão.

## IV

Eu viverei
E não afundarei em mim mesma
Viverei para dizer a mim que
Valeu a pena não desistir
Não fixar o olhar para trás
Fixar-se no horizonte
Não perder de vista a vida
Em sua singela miragem
Agarrar-se a ela
E seguir adiante.

## V

Terei pa-ci-ên-ci-a...
O meu Deus me diz
Que essa dor vai passar
E que vou ser feliz quando o SOL nascer.

## VI

Pouco a pouco a enchente vai baixando
E vai se vislumbrando a terra "firme"
Pouco a pouco o sol vai chegando
Iluminando um horizonte de esperanças
Pouco a pouco o medo vai baixando
Pouco a pouco a coragem chega de mansinho
Toma a minha mão e assim boto o pé no chão.

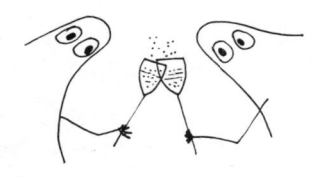

## VII

No interior da vida
Fantasmas já não me assustam mais
São todos conhecidos!

## VIII

Quem tem medo de fantasmas
Não mora em Lençóis
Aqui, no inverno, o Céu desce
              e se encontra com a Terra
Fantasmas brincam, dançam, brindam
No verão, não muito raro,
              alguns caem do inferno
E ateiam fogo nas matas
Daqui dos Lençóis escuto
              o grito dos inocentes
Que dor, meu Deus
Que dor.

## IX

O Lobo se disfarça de vários modos
Pode-se vê-lo por muitos versos
Há lobos que não querem os doces
                              da Vovó
Não querem enganar a Chapeuzinho
Nem devorar a vovó
Há lobos que só querem ser o centro
                              do Conto
Por esse lugar matam e morrem.

## X

Só tenho medo de alma que come feijão!
Assim me ensinou meu pai-mestre.

## XI

Viver no interior é assim:
      os fantasmas têm passaporte livre
Circulam por todos os lugares sem nem
      pedir licença – haja coragem, meu Deus!

## XII

Toda ida ao ido
Tem um doído
Vejo, revejo, revivo, vivo
Toda ida os céus anunciam Tempestade
Vou assim mesmo
Rezando, rezando, rezando
Assim mesmo
A chuva cai
A água tudo mistura
Tempos, naturezas, seres de todos os mundos
Esqueço-me quem sou e quem são
No meio da enxurrada
Tudo é indiscernível
É preciso ter pai-ci-ên-ci-a
Deixar a enxurrada passar
As águas acalmarem
Para olhar e ver, rever, discernir
Recolher, consertar
E assim é a vida
E assim retorno – encharcada de Tempos.

## XIII

Enxurradas
Descem as ladeiras da cidade
Arrastando de tudo sem nenhum pudor
E se acalmam nas baixadas para
                  a alegria das crianças
Outras cidades erguidas nos bancos de areia
                  reúnem outros sonhos.

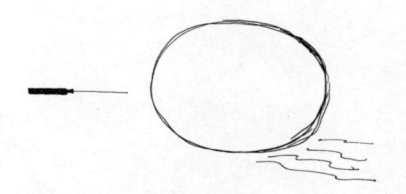

## XIV

Enchente – as águas vão subindo, subindo...
E tudo vai sumindo, sumindo...
O desespero vai aumentando, aumentando...
Precisa-se de uma agulha
Para furar essa bolha.

## XV

Nas encostas toda terra
      encharca com as chuvas.
      Encostados nas em-costas pesam
    e fazem desabar construções
                frágeis de si.

## XVI

O discurso do invertido
O perseguidor queixando-se de perseguição
O assediador queixando-se de assédio
O intolerante reivindicando tolerância
O discriminador dizendo-se discriminado
O preconceituoso queixando-se de preconceito
O mentiroso reivindicando verdade
O falso reivindicando lealdade
O desconfiado reivindicando confiança
O injusto bradando por justiça
O traidor queixando-se de traição
O ladrão queixando-se de roubo
O autoritário defendendo democracia
O desrespeitoso exigindo respeito
O opressor reivindicando Liberdade
Tudo no IN-verso.

## XVII

Pesadelos
Pesa? Dê-los.
Pesa para você?
Pesa para outros também!
Então dê-los ao Universo.
Só o Universo, em sua imensidão, saberá
receber os nossos pesos.

## XVIII

As águas subiram
Quase afogaram-me
A casa, o casaco, os sapatos
Tudo encharcou
Sapatos encharcados pesam nos pés
É preciso esperar o sol voltar
Ter paciência e coragem
              para enfrentar o lamaçal.

No lamaçal anda-se devagar
A lama pesa, desliza, afunda os pés
É preciso atenção para achar os últimos
              torrões de terra para pisar
Com Fé em terra firme chegarei
Limparei os pés e outros calçados ousarei.

# Parte III

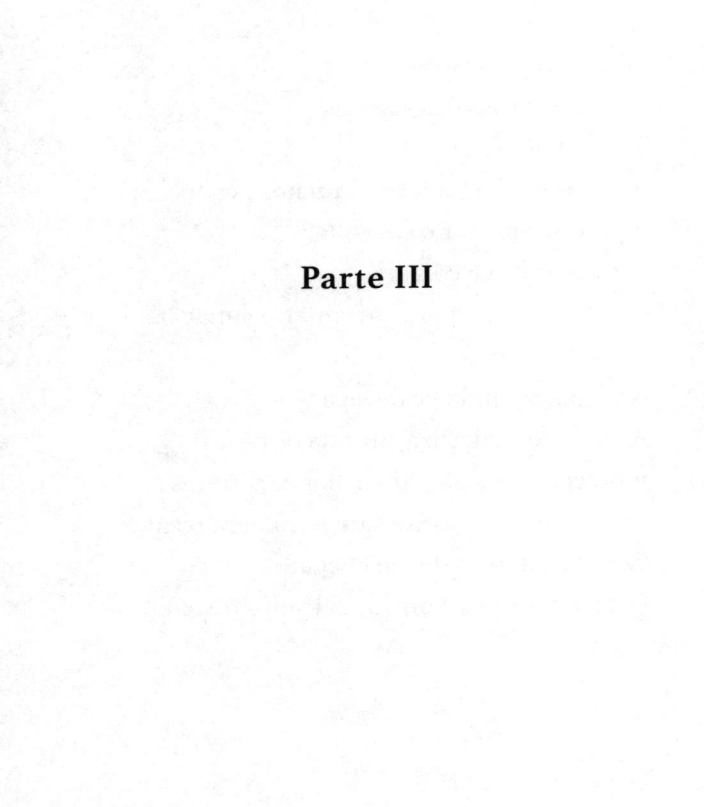

# Sobrevivência

...e lá se foram os anos e os anéis.

# I

Escrevo
Porque essa é minha herança,
A única que recebi.
Não queria escrever, só ser feliz!
Mas escrever não rima com felicidade!

Não conseguiria escrever
      sob encomenda de outrem.
A minha encomenda, esta que eu recebi
      ao nascer, me tem sido grande
      o bastante para ocupar meu tempo.
Não conseguiria dar conta
      de outras encomendas, pois a minha
      já me demanda muitas emendas.

## II

É verdade que eu queria escrever
      uma escrita leve; dessas que chegam
      aos nossos ouvidos mansamente,
      como brisa em tardes do verão.
Mas a minha vida não tem sido nada leve,
Ando em passos lentos, tamanho é o que me pesa.
Não fosse assim andaria saltitando,
      levemente, vida afora
E aí, talvez, eu escrevesse sobre a vida leve.

## III

Sobreviver
sobre-viver
sob-reviver
so-brevi-ver
sobre-vivência-s

## IV

Ser e não ser já foi a questão
Ter e não ter não esteve em questão
O que é a questão?

Viver e não viver – sobreviver
Ir e não ir – voltar
Saber e não saber – ignorar
Comer e não comer – dieta
Morrer e não morrer – fantasma
Sonhar e não sonhar – pesadelo
Dormir e não dormir –
               acordar mal-humorado.

## V

As amigas de Irana
Sustentam a mais frágil flor
              no meio da escuridão
*C'est la belle vie.*

## VI

Sou uma pessoa que aprendeu a não ser
Apenas ir sendo em cada momento
Sem culpa
Sem desculpa
Sem remorsos
Deixar a vida ir sendo sem remo e sem medo.

## VII

Ficar assim
> olhando o tempo passar, simplesmente

Já é um milagre!

## VIII

Gente que sabe sonhar junto
Soma sonhos, compartilha ideias, desejos
Multiplica pequenas coisas
Divide dificuldades
Minimiza problemas
Diminui tensões, acalma corações
Amplia mundos, une gentes, agrega diferenças.

Gente que não sabe sonhar junto
É uma lástima!
Só pensa em seu sonho particular
Seu ponto de partida e
                 de chegada é seu umbigo.
Não sabe que toda felicidade
                 compartilhada se multiplica.

## IX

Tudo passará
Até a mais amarga dor
O mais sublime amor
O mais admirável louvor
Tudo passará.

# X

Eu sobreviverei
E terei a alegria de reconhecer
           o antigo no novo
Não cederei à desesperança
           de plantão na minha porta
Lutarei sempre e seguirei a vida
           com esperança.

## XI

Uma queda
Outra queda
Outra e outra queda
De tanto cair e levantar
Tudo se quebrou
Perdi o medo do chão
Agora familiar
Aos cacos, a vida segue.

## XII

O que foi e o que fomos
É coisa falecida
No túmulo não há mais palavras
Só as margaridas brancas sorriem.

# XIII

Se é para começar de novo, começarei
Mesmo sem saber exatamente
                      onde ficou o começo
Procurarei de novo
Perguntarei a quem tiver notícias de mim
Perguntarei a quem me viu passar
Revirarei de novo meus baús
Voltarei aos meus trecos de quintal
Em busca de uma pista de mim
Revisarei as anotações dos velhos cadernos
E das velhas agendas
Perguntarei a todos, gentes, animais e plantas
Mas não desistirei de encontrar-me de novo e,
               de novo, o amor encontrar.

## XIV

A noite chegou
E todos caíram de sono
O festerê, o tererê, o arerê
Tudo passou
E o silêncio reinou sozinho
                no palácio do tempo.

## XV

Fim de romance
No começo foi um sonho
No fim também, outro sonho.

## XVI

Ter esperança é muito difícil
Não tê-la é mais fácil
Você não se ilude
Não espera
Se tem esperança
Ou vai à luta
Ou a luta vem até você.

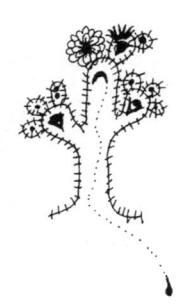

## XVII

SERTÃO
Ser tão incerto
Deserto
Fértil
Aberto a todo amor
Ser tão dor
Tão flor
Tão mandacaru
Ser tão insistência
Tão resistência
Tão murundu
E assim mesmo
      Ser tão feliz.

# XVIII

A árida terra
A rara água
Expulsava os destinos para longe de si
O sonho de felicidade vinha da beira dos rios
E lá se foram o bando, o boi, a boiada
E a meninada cantando
Nada sabiam do tormento do rio
As enchentes, quase sempre sem anúncio prévio
Ameaçavam inundar o sonho plantado
Correria e choro para abrir valetas e drenos
                              de todos os tipos
Para dar vazão às águas
Escorrer o excesso
E reinventar o sonho perdido.

## XIX

Viver sem lugar
Nenhum
Viver no avesso da vida
Sobreviver.

## XX

E choveu, choveu e choveu
As águas subiram...
E baixaram devagarinho
Sem pressa
Um dia o sol acordou
E os vivos saíram da Arca
Procurando seu mundo que não
estava mais lá.

## XXI

Sobre-nome vem depois do nome
Nada importa
Só o a-pé-lido.

## XXII

E agora, José?
A internet desconectou
O computador pifou
O telefone falhou
E o helicóptero do governador passou.

## XXIII

Suportei o tempo das águas,
Das tempestades,
Das secas,
Da primavera
E do verão
Na esperança de acordar quando o sol nascer.

## XXIV

Aqui não tenho medo de cair de sono
As janelas abertas não me desassossegam
O frio da noite me acolhe
Sono de tranquilidade.

## XXV

A maior liberdade que busco:
      viver em paz
      com minha própria estranheza.

## XXVI

E o rio encontrou o mar
E tudo se misturou
E o misturado desceu para o fundo do mundo
E hoje o sol acordou
E nada mais é o que foi
Nem o rio
Nem o mar
Nem o sol.

## XXVII

Nada é uma pausa
No todo
No tudo
No nado.

Tudo é qualquer coisa
Que precisa faltar um pedaço para existir.

Pode-se, às vezes, escolher entre tudo na vida.
Às vezes, pode não haver escolhas.

## XXVIII

Tempestades: há que ter paciência
                e esperar o ciclo das estações
                novos sóis hão de vir!

## XXIX

Se eu não fosse eu mesma seria astronauta;
    ficar assim boiando no espaço
      sem gravidade...
e longe dessa Terra de tantas coisas graves!

## XXX

Caminhar por essas ruas
               de Porto Alegre
Sem pressa
Sem pressão
Sem paixões
Apenas caminhar saboreando
               o perfume dessas árvores
E desse chão molhado
Que felicidade, meu Deus!

## XXXI

O sol vai nascer para todos
Mas não há garantias de quem o verá.

## XXXII

Tempestade passada
Tempos de calmaria
Vidas, destinos partidos
Após a chuva a terra é outra
Crateras abertas
Buracos de todos os tamanhos
Desvios, entulhos por todo lado
Um novo trabalho se instala:
      devolver as coisas a seus lugares.

## XXXIII

Nem tudo vira letra,
O que não vira letra vira BICHO.

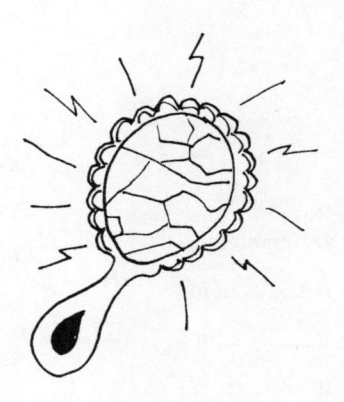

## XXXIV

Novos tempos
Sou tão eu mesma que até desconfio:
                    sou eu mesma?!
Nãããããããoooooooo
Responde o espelho.

# Índice de poemas

## Parte I
**Desmantelo**

I ........................ 10

II ...................... 11

III ..................... 12

IV ..................... 13

V ....................... 14

VI ..................... 15

VII .................... 16

VIII ................... 17

IX ..................... 18

X ....................... 19

XI ..................... 20

XII .................... 22

XIII ................... 23

XIV ................... 24

XV .................... 25

XVI ................... 26

XVII .................. 27

XVIII ................. 28

XIX ................... 29

XX .................... 30

XXI ................... 31

XXII .................. 32

XXIII ................. 33

XXIV ................. 34

XXV .................. 35

XXVI ................. 36

XXVII ............... 37

XXVIII ............. 38

XXIX ............... 39

XXX .................. 40

XXXI ............... 41

| | |
|---|---|
| XXXII ............. 42 | IX ...................... 60 |
| XXXIII ............ 43 | X ........................ 61 |
| XXXIV ............ 44 | XI ...................... 62 |
| XXXV ............. 45 | XII ..................... 63 |
| XXXVI ............ 46 | XIII .................... 64 |
| XXXVII .......... 47 | XIV .................... 65 |
| | XV ...................... 66 |
| | XVI ..................... 67 |
| | XVII ................... 68 |
| **Parte II** **Enchentes** | XVIII ................. 69 |
| I ........................ 52 | |
| II ....................... 53 | |
| III ...................... 54 | |
| IV ...................... 55 | **Parte III** **Sobrevivências** |
| V ....................... 56 | I ........................ 74 |
| VI ...................... 57 | II ....................... 75 |
| VII ..................... 58 | III ...................... 76 |
| VIII .................... 59 | |

| | |
|---|---|
| IV .................... 77 | XXII ............... 95 |
| V ..................... 78 | XXIII............... 96 |
| VI.................... 79 | XXIV............... 97 |
| VII ................. 80 | XXV ............... 98 |
| VIII................. 81 | XXVI............... 99 |
| IX .................... 82 | XXVII ............ 100 |
| X....................... 83 | XXVIII........... 101 |
| XI .................... 84 | XXIX.............. 102 |
| XII ................... 85 | XXX................ 103 |
| XIII.................. 86 | XXXI.............. 104 |
| XIV.................. 87 | XXXII ............ 105 |
| XV ................... 88 | XXXIII........... 106 |
| XVI.................. 89 | XXXIV........... 107 |
| XVII ................ 90 | |
| XVIII............... 91 | |
| XIX.................. 92 | |
| XX.................... 93 | |
| XXI.................. 94 | |

© 2020, Iranice Carvalho da Silva, poemas
© 2020, Iranice Carvalho da Silva, desenhos

Direitos da edição reservados à Libretos.
Permitida reprodução somente se referida a fonte.

Edição e design gráfico
**Clô Barcellos**

Imagens
**Desenhos de Iranice Carvalho da Silva**

Revisão
**Célio Klein**

Grafia segue Acordo Ortográfico da Língua Portuguesa de 1990 adotado no Brasil em 2009, com algumas exceções a pedido da autora.

Dados Internacionais de Catalogação na Publicação:
Bibliotecária Daiane Schramm – CRB-10/1881

| | |
|---|---|
| S586e | Silva, Iranice Carvalho da
Escritos de sobrevivência. / Iranice Carvalho da Silva. – Porto Alegre: Libretos, 2020.
116p. – (Libretos Poche; v. 10)
ISBN 978-65-86264-14-2
1. Literatura. 2. Poemas. 3. Natureza. I. Título. II. Série.
CDD 869 |

Libretos
Rua Peri Machado, 222/B 707
Bairro Menino Deus, Porto Alegre
90130-130

www.libretos.com.br
libretos@libretos.com.br

## Poche Libretos

Livros de Bolso

Os peixes, o vovô e o tempo / Letícia Möller
Vão pensar que estamos fugindo / Valesca de Assis
Luta + vã / Álvaro Santi
A Vaca Azul é Ninja em uma vida entre aspas / Jéferson Assumção
Dora / Meire Brod
Elogio dos tratados sobre a crítica dos discursos / Rafael Escobar
Babá, esse depravado negro que amou / Jandiro Adriano Koch
Incerto sim / Rafael Escobar
Mel e dendê / Fátima Farias

Iranice Carvalho da Silva

Volume 10 da Série
Poche Libretos (Livros de Bolso)

Impresso na Gráfica Pallotti/SM,
sobre papel pólen 80 gr/m², 116 págs.,
composto em Athelas e Verdana,
em junho de 2020.